小海豚，祝你好运

[德] 佩特拉·菲彻克　文
[德] 斯尔克·弗伊特　图
董秋香　译

这本书属于：

_____

图书在版编目（CIP）数据

　小海豚，祝你好运／（德）菲彻克编文；（德）弗伊特绘；董秋香译.
—北京：中国电力出版社，2009
　（梦幻阶梯中级阅读）
　ISBN 978-7-5083-9514-2

　I. 小…　II.①菲…②弗…③董…　III.儿童文学－故事－作品集－
德国－现代　IV.I516.85

　中国版本图书馆CIP数据核字（2009）第180356号

著作权合同登记号　　　北京版权局图字：01-2008-4610

Title of the original German edition: Glück gehabt, kleiner Delfin
© 2006 Loewe Verlag GmbH, Bindlach

文　　字：[德] 佩特拉·菲彻克	中国电力出版社出版、发行
绘　　画：[德] 斯尔克·弗伊特	电话：010-58383291　传真：010-58383291
翻　　译：董秋香	（北京三里河路6号100044 http：//www.ceppshaoer.com）
责任编辑：力　荣	印刷：北京盛通印刷股份有限公司印刷
责任印制：陈焊彬	各地新华书店销售

2010年1月第一版　　2010年1月 第一次印刷
720毫米×1000毫米 16开本 2印张 50千字
印数0001—5000册　定价8.00元

目录

米娅在海边

哈哈，暑假又到啦！

跟以前一样，米娅和爸爸妈妈还有哥哥安东又要去海边度假了。

到时候他们会住在海边一栋古老的渔屋里。

经过漫长的汽车旅途后，
他们终于来到了海边。
　　米娅实在等不及了！她飞
快地跑下车。

看到美丽的大海，
看到可爱的小动物，米
娅的心情真是好极了！

米娅和安东高高兴兴地跑到了海滩上。

他们捡了许多漂亮的贝壳和
海星，并把它们放在了篮子里。
　　噢，原来他们打算把这些贝壳
和海星带回家。他们的房间里有一
个小小的海洋博物馆呢！

米娅目不转睛地观察着海鸥。

有些海鸥高高地飞在空中，欢快地
叫着。

有些海鸥调皮地在浪涛
上玩耍着。哎呀，一不小心，
羽毛全被浪花打湿了！

海鸥的种类可多啦！米娅看到
了红嘴鸥、银鸥，还有云鸥。

透过望远镜，米娅还看到了在
远处海滩上的海狗。它们有些在
快乐地玩耍着，有些懒洋洋地躺
在沙滩上晒着太阳。

安东觉得这一切无聊极了。他宁愿去潜水站玩儿。

米娅和海豚

　　可是，米娅还想等海豚
游到岸边来呢。

　　那些可爱的海豚生活在
陡峭的礁石旁边的海湾里。

　　大海豚、小海
豚、胖海豚、瘦海
豚、老海豚还有年
轻海豚全都生活在
那个海湾里。

那些可爱的海豚经常会游到海岸边来玩耍。
它们一会儿欢快地跳舞，一会儿高兴地翻跟头。

它们甚至还会比赛看谁叫
得声音最大，谁跳得最高呢！

在那群可爱的海豚中，有一只是米娅的好朋友。米娅给它取了个名字，叫做本。

本的身体很大，大概有四米长。
而且，本可聪明了！

每次米娅一呼唤，它就会很
快地游过来。今天也是这样。

这是多么高兴的时刻呀！
隔了一年之后，两个好朋友又见面了！

救命啊，米娅！

第二天早上，米娅在海滩上玩耍。
她在仔细地寻找海螺的家。

米娅的爸爸妈妈舒舒服服地
躺在沙滩椅上晒着太阳。
而安东哥哥则在海里潜水。

凉爽的海风轻轻地吹拂
着细软的沙滩，大海里的浪
花此起彼伏，一阵接着一阵用
力地拍打着海岸。

突然，米娅听到了熟悉的声响。
米娅赶紧抬头向海面看去。
本正不安地在海岸边游来游去，
激动地嘎嘎叫着。

同时，它还不停地把头扭向后面。

"你好啊，本！"米娅高兴地朝它
喊道，"你想和我一起玩吗？"

她从书包里拿出一个红色的小球，
使劲儿扔进海里。

可是，风把小红球吹了回来。

本看起来一点儿都不想玩耍的样子。
它总是不停地跳起来，大声地嘎嘎叫。
本是不是遇到什么危险了呀？

米娅飞快地向爸爸妈妈跑去。
"小船在哪儿？"她着急地问，
"我要马上划到本那里去！"

爸爸说："这太危险了！"

米娅紧张极了！
她担心地说："可是，
得有人去帮帮本啊！"

安东游了过来："到底
发生什么事了？"

米娅把事情全都告诉了他。

安东拿过望远镜，朝本看去。

"本的嘴里有东西！"他紧张地叫了
起来，同时着急地向本游去。

过了一会儿，安东游了回来，
手里拿着一些生锈的螺丝钉。

"你们看！"米娅着急地喊道，
"本肯定遇到问题了！我们一定要
去找人来帮助它！"

安东说："我们最好
去潜水站求助！"

米娅和安东给潜水站的潜
水员叔叔看本找到的螺丝钉。

抢救行动开始啦！

两位潜水员叔叔仔细地看了看那些螺丝钉。

"这些螺丝钉应该是属于一艘废弃船的。"其中一位潜水员叔叔说，"那艘船就在离这儿不远的海岸前面。"

"海豚非常聪明，一遇到危险就会向人求救。可能真的发生了什么事情。"另外一个潜水员叔叔说，"我们赶快出发，去看看到底发生了什么事情吧！"

潜水员迅速地取来
了他们的潜水工具。

潜水员叔叔答应让米娅
和安东一起去帮助海豚。
　　他们穿上救生衣，走到
船上。立刻出发！
　　米娅的心里激动极了！

小船的发动机"呼
呼"地和强劲的海风竞赛
着，卷起了阵阵波涛。

他们在海上飞驰着，
本一直在前面带路。

不一会儿，他们就来到了废弃船的旁边。
两位潜水员叔叔迅速地下了船，潜到了废弃船上。

米娅和安东紧张地等待着。
不一会儿，其中一位潜水员叔叔浮出了水面。

他大声地说道："在那艘船里，
有一只海豚宝宝被夹住了。"

潜水员叔叔从小船上解下了一张
大大的渔网，并把它带到海底。

过了一会儿，两位潜水员
叔叔再次爬回了小船上。在
那张大大的渔网里，有一只
活蹦乱跳的小海豚。

做得好，米娅！

"这只海豚宝宝可能太好奇了，它想去看看那艘船里有什么好玩儿的东西。结果，不小心把自己夹在船里了。" 潜水员叔叔手舞足蹈地说，"我们带它去检查，看看有没有受伤。"

说完他们拿出手机，
给动物医生打电话。

接着，他们一起驶回了海岸上。

动物医生早就在岸边等候了。
他非常了解海里的动物，所以肯定
能够医好海豚宝宝。

动物医生和潜水员叔叔一起
把海豚宝宝拖到了海岸上。

米娅轻轻地抚摸着海豚宝宝那小小的、湿湿的头。
她小声地鼓励海豚宝宝："别害怕！"

动物医生细心地给
海豚宝宝做了身体检查。

"这小东西真幸运啊！"
过了一会儿，动物医生感叹道，
"鳍边的刮伤并不严重，而且伤
口已经自己愈合了。"

潜水员们小心地把海豚宝宝身上的
渔网解开, 用船把它送回了大海里。

那儿早就有一群海豚
在焦急地等候着。它们高
兴地把海豚宝宝接走了。

第二天，本一大早就在那儿等米娅。

它游到了岸边。米娅把红色小球扔给它，它很快又把红色小球扔了回来。

接着，它不停地摆动尾巴，一直欢快地叫着，好像在说："做得好，米娅！"